प्रीती की परछाईंया

रजत महेशकर

प्रकाशक: RM PUBLISHING

फोटो प्रिंटिंग, एडिटिंग, क्रिएटिव और राइटर - रजत महेशकर

वेबसाइट-

www.notionpress.com

www.amzonkindle.com

प्रकाशित तिथि: 23 जनवरी 2020

मुफ्त डिलीवरी के लिए उपलब्ध है।

आप इसे पढ़ने के बाद फॉरवर्ड कर सकते हैं...

क्रम-सूची

प्रस्तावना

कुछ यादें उतनी ही जटिल होती हैं,
एक नई याद बना लेना अगर उन्हें सुलझाना हो.. स्वाभाविक रूप
से आता है..
ज्यादातर समय, इससे कोई फर्क नहीं पड़ता कि किसी व्यक्ति के
साथ आपका रिश्ता क्या है,
यह आपकी भावनाओं, उस पर आपका भरोसा मायने रखता है।
ऐसी ही आत्मीयता और आस्था से जुड़े किस्से लेकर आ रही है
हमारी किताब....

भूमिका

मित्रों...

मैं रजत महेशकर मुझे कहानियां और उपन्यास पढ़ना अच्छा लगता है। इसी प्रेरणा से मैं आपके लिए कुछ कहानियाँ लेकर आया हूँ। मेरी कुछ कहानियाँ कल्पना और अनुभव पर आधारित हैं।

"प्रीती की परछाईया" प्रकाशित पहली पुस्तक है। मैं सभी से इस पुस्तक का जवाब देने का अनुरोध करता हूं। किंडल एप स्टोर की किताबें उपलब्ध हैं। यह पुस्तक निःशुल्क नहीं है। लेकिन फिर भी हम पाठकों को मुफ्त में मिलने देते हैं, क्योंकि एक बार ई-बुक बन जाने के बाद, चाहे कोई इसे पढ़े या एक लाख, हमारा कुछ भी नहीं खोता है.. क्या आपको इसे मुफ्त में लेना चाहिए? आप भी कुछ दे सकते हैं। हमें कुछ इस तरह दो और हम खुश रहेंगे और आप खुश रहेंगे और आपसे कुछ भी नहीं खोएगा। आशीर्वाद और शुभकामनाएँ। हमें यह पुस्तक दें। इस पुस्तक को अपने दोस्तों को मेल और व्हाट्सएप करें। सोशल मीडिया पर मेरी ई-बुक का प्रचार करें। अपने सबसे मूल्यवान सुझाव दें: प्रशंसा के लिए प्रशंसा होना जरूरी नहीं है। ईमानदार राय जो हमें प्रगति की दिशा तय करने में मदद करेगी और अधिक कठोर लेखन होना चाहिए और पाठक इससे अधिक से अधिक कुशल हो, अंत में पूरे समाज को एक नई प्रबुद्ध ऊंचाई पर जाना जारी रखना चाहिए ...

मुझे उम्मीद है कि आपको मेरी कहानी पसंद आएगी और अगर कोई गलती हो तो मुझे बताएं। मुझे लाइक करें.... शेयर और कमेंट करना ना भूलें, फीडबैक....धन्यवाद.....

पावती (स्वीकृति)

'प्रीती की परछाईया' कहानी में सभी घटनाएँ, पात्र, स्थान और घटनाएँ पूरी तरह से काल्पनिक हैं और इनका किसी वास्तविक व्यक्ति, घटना या स्थान से कोई लेना-देना नहीं है।

इस किताब में प्रकाशित कहानियों और इस पर व्यक्त की गई राय के लिए कहानीकार पूरी तरह से जिम्मेदार होंगे। किताब मुफ्त पढ़ने के लिए उपलब्ध है लेकिन मुफ्त में नहीं। बेशक आप हमें अपनी बहुमूल्य प्रतिक्रिया मूल्य के रूप में दे सकते हैं। अपने अमूल्य सुझाव भी अवश्य दें।

आप इसे पढ़ने के बाद फॉरवर्ड कर सकते हैं। हालांकि, इस ई-बुक को किसी भी वेबसाइट पर रखने या पढ़ने के अलावा इसका उपयोग करने से पहले लिखित अनुमति की आवश्यकता होती है।

इस पुस्तक के सभी कॉपीराइट लेखक के पास सुरक्षित हैं और पुस्तक या उसके किसी भाग को पुनर्मुद्रण करने या नाटक, फिल्म या अन्य रूपांतरण करने के लिए लेखक की लिखित अनुमति आवश्यक है। ऐसा नहीं करने पर कानूनी कार्रवाई की जा सकती है।

1

प्रीती की परछाईंया

सभी की हर एक उम्मीद होती है कि हम जिससे प्यार करते हैं वहीं दुनिया की सबसे खूबसूरत इंसान हो। लेकिन, सुंदरता के मायने सभी के लिए अलग-अलग होते हैं।उदाहरण जैसे की, कुछ लोगों को गोरे वाले लोग पसंद होते हैं, कुछ लोगों को काले सावले वाले शक्ल पसंद होती है, कुछ लोगों को लंबे कद वाले लोग पसंद होते हैं, कुछ लोगों को छोटे कद वाले लोग पसंद होते हैं। लेकिन ऐसा ही हर कोई सोचता है कि नये जीवनसाथी मिले की उम्मीद रखते है।

एक ऐसे व्यक्ति की तलाश थी.. उसे यहीं उम्मीद कि उसका लाइफ-पार्टनर ऐसे बॉडी बिल्डर, हैंडसम डैशिंग बॉय 6 फीट तक लंबाई कद होगा और उसकी आंखें नीली होगी। उसका सपना स्वाभाविक था क्योंकि वही देखने में भी इतनी सुंदर थी। उसने हमेशा अच्छे लड़के मिलने का सपना देखी थी, और वास्तव जीवन में, भले ही वही लड़की 26 साल की थी, उसके जीवन में कभी भी ऐसा लड़का नहीं मिल पा रहा था, और फिर उसके परिवार ने उस पर शादी करने का दबाव बनाना शुरू किया। तब लड़के को लड़की पसंद आई और वह लड़का शादी के लिए राजी हो गया। लेकिन वह जानती थी कि जिस लड़के से वह शादी की तैयारी कर रही है उसे वह कभी पसंद नहीं करेगी। तो उसने लड़के को देखने से मना कर दिया और फिर क्या... घर के लोगों के दबाव के चलते वह आखिरकार शादी के लिए राजी हो गयी। लड़की लड़के को देखने को एक भी तैयार

नहीं थी।

फिर एक महीने बाद उसने सीधे उससे शादी कर ली.. अगले दिन वह ऑफिस के काम का कारण बताते हुए दो महीने के लिए दौरे पर चली गई और उसका पति अपने काम में व्यस्त था जबकि उसका पति उसके आने का इंतजार कर रहा था.. लेकिन, उसने कुछ समय के लिए घर से दूर नहीं रह सकते हैं। इसलिए दो महीने बाद जब वह घर लौटी, तो उसके पति (उसका नाम पार्थ) ने उसके लिए दरवाजा खोला। नीली साड़ी में पत्नी (सिद्धी) थीं। वह थोड़ा लड़खड़ा गया और उससे पूछा...

पार्थ- Hi !! कैसे हो सिद्धी?

सिद्धी- Hello!

उसने ऐसे ही बोली जवाब दिया। इतना कहकर वह यह सोचकर अपने कमरे से गयी कि थक गयी होगी ऐसे समझकर और इसलिए पार्थ को सिद्धी के व्यवहार के बारे में कुछ ठीक से समझ नहीं आया। तब पार्थ ने सिद्धी को पहली बार देखा। वह उस जीवनसाथी की तरह नहीं था जिसके बारे में वह सोच रही थी, लेकिन सिद्धी जिस लड़के का सपना देख रही थी। लेकिन, सिद्धी अपने अंदाज में बेहद खूबसूरत और स्मार्ट थी, उनके बाल कमर तक थे। वह नीली आंखों वाला लड़का चाहती थी।

लेकिन पार्थ गहरे भूरे रंग का और दुबले-पतले शरीर का लड़का था। वही स्वभाव शांतचित था। उसे कोई फर्क नहीं पड़ा.. क्योंकि उसे उससे कुछ भी उम्मीद नहीं थी। पार्थ क्या जानता है? हालाँकि, वह ऐसी उम्मीदों के साथ बैठा था। अपनी नई खूबसूरत दुनिया और अपने संसार जीवन की दुनिया का सपना देख रहा था ...

वह उसके व्यवहार से कुछ हैरान हो गए। उसके बाद के दो महीनों में, वह बस यही सोच रहा था कि जब उसकी पत्नी सिद्धी आएगी तो क्या होगा। वह इसके लिए कुछ भी करने के लिए तैयार था उसका सपना पार्थ के मन में चमक रहा था।

लेकिन सिद्धी लौटते ही उसकी आंखों से आंसू छलक पड़े। सिद्धी कुछ ही देर में पार्थ आंसू पोंछकर कमरे से बाहर आ गई।

पार्थ- सिद्धी... कॉफी पिओगे आप?

सिद्धी- हम्म.... (लैपटॉप से ऑफिस में काम कर रही थी)

पार्थ- आपका ट्रिप कैसा रहा ?? मुझे बताओ ना सिद्धी...

सिद्धी- ठीक..

पार्थ- मुझे आशा है कि आपका सारा काम अच्छा हो गया है, है ना? सिद्धी

सिद्धी- हां यार प्लीज मुझे इरिटेट मत करो, प्लीज मेरे लिए कुछ कॉफी ले आओ...जाओ... खैर छोड़ो..भूल जाओ मुझे..आप क्यों छोड़ेंगे मैं चली जाती हूं..

पार्थ- बात क्या है सिद्धी.. मैंने क्या किया है? जब से आए हैं, आप बहुत गुस्से में हो।

कुछ न बोली वह वापस अपने कमरे में चली गई और पार्थ को समझ नहीं आया कि सिद्धी नाराज़ क्यों थी। उसने रात का इंतजार किया और जब वह अपना सारा काम कर चुकी और रात को अपने कमरे में गया, तो उसने उसे अपने कमरे में सो गए। पार्थ खुद को रोक नहीं पाया अलग कमरे में जाकर फूट-फूटकर रो रहा था..

भले ही कुछ दिनों के लिए उसके ऐसे ही व्यवहार चलते गई, लेकिन सिद्धी को उसके व्यवहार का कोई कारण नहीं पता था। फिर उसने सिद्धी से बात करने की बहुत कोशिश की.. लेकिन, सिद्धी सीधे तौर पर किसी भी सवाल का जवाब देने को तैयार नहीं है..

पार्थ- सिद्धी !! क्या हुआ आपको आप बात क्यों नहीं कर मुझसे हर बार मुझपर क्यों गुस्सा कर रही हो आप हर समय गुस्से में क्यों रहते हैं? मैंने क्या गलत किया? मुझे बताओ ना..

सिद्धी- कुछ भी नहीं.. आपके साथ कुछ भी गलत नहीं ।

पार्थ- तो फिर क्या आप दूसरे कोई लडके से प्यार करते हो? अगर ऐसा है तो साफ-साफ बताएं मुझे...

सिद्धी- देखो, मैं बहुत थक गई हूं, मुझे सोने दो..

पार्थ- नहीं सिद्धी.. नहीं, आज तुम्हें मुझसे बात करना ही होगा.. क्या है यह सब? क्यों मुझे इस तरह की सजा दे रहे हो? बोलो ना..

सिद्धी- ठीक है, लेकिन आप जानना चाहते हैं ना? मैं तुम्हारे जैसे लड़के से शादी नहीं करना चाहता था.. मैं एक सुंदर लड़के से शादी करने की तमन्ना चाहती थी पर लेकिन अंत में मेरी किस्मत खराब थी.. आप

मुझसे मिल गई...

पार्थ- मेरा मतलब आपको मेरे चेहरे से दिक्कत है क्या?

सिद्धी- हां, तुम्हारे चेहरे से परेशानी है मुझे, लेकिन तुम्हारी तरफ देखना पसंद नहीं है मुझे..

पार्थ- सिद्धी, सिर्फ एक खूबसूरत चेहरा ही तुम्हारे लिए सब कुछ है क्या?

सिद्धी- हां.. क्यों आपको कोई Problem है?

पार्थ (मन में टूटता) - क्या ??

सिद्धी- अगर ऐसा है तो मैं यहाँ पे रहके क्या करूं आपके साथ नहीं रह सकते मैं जा रही हूँ मुझे आप पसंद नहीं है।

पार्थ- हे सिद्धी एक बात का ध्यान रखना.. प्यार चेहरे से नहीं, मन से किया जाता है.. सौंदर्य से नहीं, आत्मा से होता है और जिसके मन में प्रेम होता है, वही अपने आप सुंदर हो जाता है, प्यार इंसान को अंदर से खूबसूरत बना देता है और आज से मेरी आँखों पर कोई नहीं.. क्योंकि तुम्हारे मन में किसी के लिए प्यार ही नहीं है.. तो इसलिए आप मेरा चेहरा नहीं देखना चाहते ना.. तुम जब सावले शक्ल को देखते हो तो आपको गुस्सा आते है ना.. तो ठीक है तो आज से मैं आपसे वादा करता हूं कि मेरा यह चेहरा तुम्हें कभी नहीं देखेगा.. लेकिन एक दिन तुम किसी के प्यार में जरूर पड़ोगे.. यह मेरे वादा है...

पार्थ की आँखों में आँसुओं के साथ, उसकी आँखों के सामने वह चली गई और उसे कभी ऐसा लड़के नहीं मिला, जिसका इंतजार करने के लिए सिद्धी ने पार्थ के भावना को चोट पहुँचाई.. फिर भी उसे एक नहीं मिला क्योंकि उसे एक बात समझ में नहीं आई, आप किसी व्यक्ति या उस व्यक्ति के प्यार में पड़ जाते हैं दुनिया में सबसे खूबसूरत व्यक्ति को समझता है। वह खुद को ऑफिस के काम में बिजी रखने लगे। कई बार लोगों को अपने प्यार से खुद को दूर रखना ही पड़ता है और कुछ लोग इतने भाग्यशाली होते कि उन्हें दूसरा मौका मिलता है फिर 6 महीने के बाद।

(6 महीने के बाद)

एक ऑफिस में काम करते हुए जैसे ही वह बॉस की ओर बढ़ती है, एक अजीब सी व्यक्ति (उसका पति पार्थ) गलती से उसे धक्का लगा और वे एक-दूसरे की तरफ न देखते-देखते चलते हैं।

सिद्धी- आउच !! ओ मिस्टर, आपको दिखाई नहीं देता क्या?

पार्थ- Ohh Shit मैम गलती से लग गई Sorry Sorry, सिद्धी आप !!

सिद्धी (चेहरे को देखती रहेगी) - और तुम !!

पार्थ- Hi सिद्धी, आप कैसी हो?

सिद्धी (दिमाग चकरा गई) - Hi पार्थ.. आप कैसे हैं? (पहली बार पुकारा है वही ने)

सिद्धी और पार्थ, चाहे कुछ भी हो, लेकिन किस्मत ने उन्हें फिर साथ मिला दी।

पार्थ- हूं ठीक जैसें आपने ही मुझे छोड़ा वैसे ही हूं.. अजीब सी चेहरे परछाई में...

सिद्धी- देखो, ऐसी कोई बात नहीं है। मेरा मतलब तुम्हें मैं दुःख नहीं पहुँचाना चाहती, लेकिन मैं तुम्हें कभी प्यार नहीं कर सका। You know that..

पार्थ- Yeah I know.. (मैं उससे परेशान हूँ)

सिद्धी- तो आप इतने परेशान क्यों हो? क्या मुझसे दोस्ती करोगे प्लीज़, कि हम दोस्त भी नहीं बन सकते क्या? और कोई option नहीं है, प्यार नहीं कर सकते तो.. चलो हम दोस्त बन जाते है..

पार्थ- आपके जैसी लड़की ऐसे मुझे से बेबस दोस्ती कर ले.. तो कोई बात नहीं...

सिद्धी- Are You serious?

पार्थ- Yes, अच्छा, यह जाने दो. क्या आप मेरे साथ कॉफी शॉप में आ रही हो? और कौन आपके साथ कोई आया है?

सिद्धी (मन में खुशी की छलांग) - हां, नहीं, मैं यहां अकेली आयी हूं... ऑफिस में बैठे-बैठे बोर हो रही थी, लेकिन मैंने कहा कि आपने और मैंने यहां कुछ समय बिताया जाए आपके साथ? (मुझे कुछ समझ नहीं आ रहा है)

पार्थ- मेरे सामने की एक बिल्डिंग में ऑफिस है इसके अलावा और कुछ नहीं है.. मैं यहां सिर्फ अपने दोस्तों के साथ कॉफी पीने आया हूं..

सिद्धी- ओह गुड ओके...अच्छा सुनो ना..आज आप शाम को फ्री हो क्या?

पार्थ- हम्म, मैंने सोचा था कि मैं एक फिल्म देखने प्लान की, क्योंकि मैं अपने दोस्तों के साथ जाने वाले थे, लेकिन उसने कहा कि वह किसी कारण से नहीं आएगा।

सिद्धी- अगर आप बुरा न मानें तो मैं आपके साथ मूवी देखने आ सकती हूं ना यानी मेरा मतलब, मेरे पास ऐसा कुछ नहीं है..

पार्थ- हां ठीक है मुझे कोई आपत्ती नही है हम दोस्त बने हैं तो इसलिए फिल्म देखने जा सकते हैं..

सिद्धी- ठीक है.. ठीक है चलो चलते हैं...

(दोनों ऑफिस से निकल कर सिनेमा देखने जाते हैं)

पार्थ इतने क्रोधित के स्वभाव नहीं थे। वह उस लुक में जानती थी लेकिन उसने उसे भावनाओ को दुःख पहुंचाई है। उसे न केवल उससे प्यार हो गया, ना बल्कि उसने खुद पर बोझ कम करने के लिए सिद्धी से दोस्ती की। क्योंकि वह इन बातों का ध्यान रखे उन्होंने क्योंकि वह खुश है। उन्होंने इस बारे में सोचा भी नहीं। उसने इन सभी चीजों को भूलने का फैसला किया, चाहे वह सही हो या गलत, और केवल इस पल को जीना है बस। अब उसके पास खोने को कुछ नहीं था.. पहले एक पति था जो उसे परछाई के किरदार में छोड़ गया था और अब वही पति दोस्ती से बदले में प्यार की कीमत वसूल कर रहा है..

सिद्धी(मन में खुशी) - What a Movie!! यार...

पार्थ- हा हा... तुम्हें अच्छा ही लगा होगा, लेकिन डर के मारे मेरी हालत खराब हो गई है...

सिद्धी- मुझे नहीं पता था कि इतनी एक्शन फिल्में देखने के बाद आप इतने डरे हो...

पार्थ- आप मुझे नहीं जानते। क्या क्या बाते है मेरे बारे में..

सिद्धी- हां हां, लेकिन आप खुद को सुपरहीरो मत समझो...

पार्थ- हाहा... ठीक है आइसक्रीम?

सिद्धी- हां प्लीज..

पार्थ- हम्म स्ट्रॉबेरी आइसक्रीम सही ना..

सिद्धी- हा हा !! वाह क्या तुम्हें याद है।

पार्थ- हां, मैं इतना भी बुरा इंसान नहीं हूं यार..

सिद्धी- नहीं नहीं...

पार्थ- मेरा सिर्फ अभी-अभी दिल टूटा..बाकी सब ठीक है.. don't worry about सिद्धी..

सिद्धी- Sorry पार्थ.. मैं ऐसे ही बोली..

पार्थ- अच्छा..

सिद्धी- ओह! मुझे बहुत देर हो गई, मुझे घर जाना चाहिए अभी...

पार्थ- क्या मैं आप के घर तक drop कर सकता हूं? सिद्धी...

सिद्धी- नहीं thanks it's okay पार्थ.. मैं जाऊंगी खुदी अपने-आप...

पार्थ- अच्छा! लेकिन आप जाएंगे कैसे?

सिद्धी- मैं रिक्शे टॅक्सी पर चलें जाती हूं।

पार्थ- नहीं नहीं सिद्धी... मेरी बाईक साथ में हैं अभी इस रात हाल में बहुत देर होगी मैं घर तक छोड़ देता हूँ आपको.. चलो?

सिद्धी- ओह, आप मुझ पर एहसान कर रहे हो ??

पार्थ- एहसान वाले बातें बंद करोगे? प्लीज़ चुपचाप बैठे मेरे साथ चलीए बहुत देर हो गई चलो प्लीज़..(बाईक सवार पर बैठ गए पहले स्टार्ट किए)

सिद्धी- ओके ओके पार्थ..चलो...

फिर दोनों बाइक से चल पड़े रास्ते में और दोनों एक-दूसरे से कुछ ऐसे ही बातें की..

सिद्धी- आप यही रास्ते से जाते हो?

पार्थ- हां सिद्धी..

सिद्धी- Ok सो आप मुझे बात बताइए सचमुच में आप के साथ आई क्या?

पार्थ- नहीं तो आप हम साथ में ही तो बैठे हैं.. क्यों क्या हुआ?

सिद्धी- अच्छा.. नहीं बस ऐसे ही.. बुरा ना मानो तो एक बात पूछूं?

पार्थ- हां बोलो ना सिद्धी..

सिद्धी- आपके बाईक पर कोई बैठे क्या? मेरे अलावा खास लड़की खुबसूरती जैसी..(मजाक में कुछ भी बातें)

पार्थ- अरे अरे नहीं ना मैं और सिर्फ पिता और मां के साथ बाईक पर बैठे हुए थे कभी कभी और इसके अलावा खास मेरे दोस्त एक दो बस इतना ही. लड़कीयों लोग नहीं (अंदर से शरमा रहे यही बात)

सिद्धी- अच्छा सही में क्या मुझे नहीं लगता..

पार्थ- अरे नहीं ना बाबा सच बोल रहा हूं.. कसम से..

सिद्धी- आप अभी भी झूठ बोल रहे हैं? मुझसे(मज़ा ले रहे उसके)

पार्थ- मै कहा झूठ बोल रहा हूं? सिद्धी आप ना क्या कुछ भी बोल रहे..

सिद्धी- नही ना सही बोल रही हूं मैं आप मानों या ना मानो..

पार्थ- अच्छा, लेकिन आप खुद तो ही बैठे ना मेरे साथ इसमें क्या मै अभी भी झूठ बोल रहे..

सिद्धी- हां ना फिर (मन में हंस पड़ी हाथ रखकर)

पार्थ- फिर? मतलब आपको क्या लगता है..

सिद्धी- कुछ नही.. ऐसे ही..

पार्थ- ऐसे ही?? सिद्धी..

सिद्धी- हहा हहा.. मैं ऐसे ही मजाक कर रही थी आपके साथ सॉरी पार्थ..

पार्थ- आप भी ना कुछ भी मेरे मज़े लेते रहते..

सिद्धी- ओह ठीक है पार्थ तुम्हारे घर आया...

पार्थ- हां मेरे घर?

सिद्धी- हां ठीक बाजू में ही रहते मैं..

पार्थ- क्या आप यहाँ रहते हो? मुझे बताया नहीं पहले..

सिद्धी- हाँ, मैं आपके घर के बाजू बगल में रहती हूँ, तो मैं बताते तो क्या करूँ?

पार्थ- क्योंकि मेरा चेहरा सुंदर नहीं है इसलिए है ना?(फिर वही नाराज़गी)

सिद्धी- देखो.. सॉरी मुझे सच्ची में बहुत अफ़सोस है.. पार्थ..

पार्थ - ठीक है सिद्धी.. मैं शिकायत नहीं कर रहा हूँ..

सिद्धी- मुझे घर तक छोड़ने के लिए, thanks पार्थ and Good Night see you soon..

पार्थ- Good Night सिद्धी.. Bye..

सिद्धी- Bye पार्थ..

सिद्धी इस छोटी सी दोस्ती से लेकर बहुत खुश थी। लेकिन पार्थ को आश्चर्य होने लगा कि उसने पहले कभी उससे दोस्ती करने की कोशिश क्यों नहीं की दोनों एक-दूसरे के इतने करीब थे लेकिन उसने कभी कोशिश नहीं की। और पार्थ ने खुद को बदल लिया। पहले तो उसे अच्छा नहीं लगा। अब जब पार्थ ने खुद को बदला, तो वह उस समय बहुत दुःखी था। काफी समय लगा इतने बदलाव आया! और अभी थोड़ी देर बाद पहले, वह उसके साथ समय बिताने लगी और धीरे-धीरे उसे पसंद करने लगी। जैसे ही पार्थ घर पहुंचे तो सिद्धी ने उन्हें मैसेज किया...

सिद्धी- Hii पार्थ.. देख अभी-अभी आई घर पर...

पार्थ- Great... आज बहुत मजा आया..

सिद्धी- हां.. मुझे भी... और I'm sorry पार्थ...

पार्थ- क्यों ? किस बात के लिए सॉरी बोल रहे..

सिद्धी- मम्म्... जिस तरह से मैंने आपके जिंदगी में छोड़कर चली गई उसके लिए मुझे वास्तव में खेद है...

पार्थ- कोई बात नहीं.. ठीक है सिद्धी मुझे आपके साथ बहुत अच्छा लगा, next time जब आप को रोमांटिक फिल्म देखने जाएंगे ok सिद्धी....

सिद्धी- Sure any time पार्थ...

पार्थ- Well, चले मैं अब सोने जा रहा हूँ। बहुत देर हो चुकी है। कल मेरा ऑफिस है। Okay Good night and take care सिद्धी..

सिद्धी- Okay Good Night and sweet dreams take care पार्थ..

तो उसने क्या सोचा? मुझे अब इतना बुरा लगा कि वह अकेला रह गया.. उसने घर में अकेले रहने और अपना ख्याल रखने के बारे में सोचा भी नहीं। सोचा और वह सब कुछ अकेले सहता रहा लेकिन अब वह मुझसे अच्छी तरह से बात कर रहा है।

सिद्धी पूरी रात यही सोचती रही कि हमने कितना बुरा व्यवहार किया और मैंने उसके साथ कितना स्वार्थी व्यवहार किया। मैंने उसे भावनाओ को चोट पहुँचाई और मैं उसकी ओर मुड़कर नहीं देखी लेकिन मैं नहीं देख सकी.. मेरी गलती के कारण एक लड़के का पूरा जीवन इधर-उधर हो गया.. मैं एक लड़की हूं जो खूबसूरत सपने के साथ उसके घर आई थी मैंने उसका सब कुछ तोड़ दिया सपने और इन कारणों से उसने खो दिया मैं अपने माता-पिता के घर नहीं गया.. (पार्थ के बारे में सोच पड़ी)

(सुबह ऑफिस में फिर वही जगह पे मिलते हैं)

सिद्धी- Hii पार्थ what happens? बीच में कहां गायब हो गए...

पार्थ- Hello नहीं अरे कुछ नहीं मैं यहां काम से आया हूं...

सिद्धी- वैसे... आप कहीं जा रहे हो क्या?

पार्थ- हाँ मुझे एक काम के लिए कहीं जाना है और आप कहाँ जा रही हो?

सिद्धी- हह हाँ, मैं कुछ जगहों पर एक ही जगह जाना चाहता हूँ मुझे भी काम है (बिना मन में सोचे-समझे)

पार्थ- ठीक है तो मैं टैक्सी से जा रहा हूँ, मैं आपको छोड देता हूँ। आओगे मेरे साथ?

सिद्धी- अरे इसकी क्या आवश्यकता है? मैं चलें जाती हूं..

पार्थ- अरे यार, क्या एक दोस्त दूसरे दोस्त की मदद नहीं कर सकता...

सिद्धी- ओके ओके मैं आप के साथ आ रही हूं..

(वे एक साथ टैक्सी में बैठते हैं और एक दूसरे से बात करते हैं)

पार्थ- Are you comfortable? सिद्धी..

सिद्धी- Yes Comfortable.. Thanks पार्थ..

पार्थ- Welcome..

सिद्धी- अच्छा, यह बताओ मुझे आप ऑफिस में क्या काम करते हो?

पार्थ- हां मैं एक मीडिया कंपनी में कॉपीराइटर के तौर पर काम करता हूं।

सिद्धी- कॉपीराइटर? मुझे नहीं पता था कि आपको लिखने में दिलचस्पी होगी.

पार्थ- मुझे भी नहीं पता था.. लेकिन जब मुझे पता चला कि मुझमें और कोई कला नहीं है... बस थोड़ा सा सिखा और लिखना अच्छा लगता है...

सिद्धी- ओह ये तो अच्छा है..

पार्थ- बस.. बस... देखो मेरा ऑफिस आ गया.. ठीक है तो चलो.. byee सिद्धी have a good day..

सिद्धी- bye पार्थ... (मन में ठीक नही लगा)

वह टैक्सी से उतर गए और ऑफिस के रास्ते में चली। लेकिन ऑफिस नहीं जा सकी और वहीं रुकी और शाम तक उसका इंतजार करती रही। जैसे ही शाम होते होते जब वह ऑफिस से बाहर निकला तो उसके साथ एक लड़की आई, यह सब देखकर ठीक नहीं लगा सिद्धी को, उसी समय पार्थ ने उसे बाहर खड़े हुए देखे सिद्धी को।

सिद्धी- Hi पार्थ !!

पार्थ- आप यहाँ? क्या कर रहे हो...

सिद्धी- मैं सोच रही थी कि अगर हम कॉफी शॉप जाने वाले थे तो कि मेरे साथ चलो फिर।

पार्थ- ओके सिद्धी चलते हैं कॉफी शॉप में...

सिद्धी पूरी रास्ते में कुछ नहीं बोली, बस थोड़ी सी नज़रों से पार्थ को देखने लगी और आज पहली बार इसके लिए कुछ महसूस किया, कुछ हुआ है.. पार्थ को देखकर.. उसने सोचा कि उसका घर कभी नहीं आना चाहिए और वह ऐसी थी कि वह उसका चेहरा देखती रहेगी..उस चेहरे के लिए जो उसे पहले कभी पसंद नहीं था.. अब उसे पसंद करने लगी...

पार्थ- हुह ?? आप इतनी खामोश क्यों हो.. क्या हुआ सिद्धी... आप ऐसे क्यों देख रही हो मुझे..

सिद्धी- ह.. कुछ नहीं पार्थ... कौन थी वो लड़की जो अब तुम्हारे साथ आई??

पार्थ- हाँ, वो हमारे ऑफिस के स्टाफ़ के साथ काम करते है...

सिद्धी- मुझे ऐसा नहीं लगता...

पार्थ - क्या? आप ऐसे कैसे किसी के बारे में closely कैसे बात कर सकते हैं, यार...

सिद्धी - क्या? और क्यों नहीं .. क्योंकि आप मेरे पति हैं अभी भी मेरी हक़ है..

सिद्धी ने जो भी कहीं उससे वे अनजाने बात कह दी.. उन दोनों के बीच में एक तरह की शांत हो गई..

पार्थ- ओह यार.. ओह मेरा घर छूट गया है...

सिद्धी- ओह शिट !!! I'm sorry पार्थ....

पार्थ- It's okay सिद्धी...

सिद्धी (आँखों में आँसू) - पार्थ नहीं मुझे माफ़ करो पार्थ.. (हाथ पकड़े लिए सिद्धी ने)

पार्थ- देखो सिद्धी.. प्यार हो या ना हो... मेरा था लेकिन तेरे नहीं थी... हम दोनों इसमें कुछ नहीं कर सकते...

सिद्धी- I really love you पार्थ मेरे पास आपके अलावा कोई नहीं है मुझे... अब मैं आपसे बहुत प्यार करता हूँ हमेशा के लिए... और आप भी...

यह सुनते ही पार्थ की आंखों से आंसू छलक पड़े और वह दौड़कर अपने घर पहुंचे और दरवाजा बंद कर लिया तो सिद्धी उनके पीछे भागते हुए।

सिद्धी- पार्थ! सुनो ना.. मुझे माफ करो.. मैं छोटी सी बात समझ नहीं पायी.. मैं बड़ी मूर्ख लड़की हूं.. मुझे पहले समझना चाहिए थी लेकिन अब नहीं मुझे माफ़ करो प्लीज पार्थ..

पार्थ- मैं उन बातों में दोबारा नहीं पड़ना चाहता, मैं जानता हूं कि हालात कितने मुश्किल हैं, मैं जानता हूं फिर भी मैं आपके नहीं पड़ पाऊंगा..

सिद्धी- मैं गलत थी पार्थ... मैंने गलत की... मेरी नजर में आप जिंदगी में सबसे खूबसूरत हो.. मैं अभी आपको ही देखना चाहता हूं... प्लीज़ मुझ पर यकीन करो पार्थ...

पार्थ- सिद्धी प्लीज... अब बहुत देर हो चुकी है... इसलिए अभी भी अब और देर नहीं कर सकते...

सिद्धी (रोते हुए) - मैं अपनी गलती सुधारना चाहती हूं.. प्लीज़ पार्थ... प्लीज़ मुझे सिर्फ एक मौका दीजिए.. मैं आपसे वादा करती हूं कि मैं आपको फिर कभी दुबारा दुःख नहीं पहुंचाऊंगी.. बस मुझे एक मौका दो लेकिन मुझे अपना प्यार दो अपने लिए.. पार्थ प्लीज़ दरवाजा खोलो, पार्थ...

पार्थ- नहीं सिद्धी और अब नहीं।

सिद्धी (रो-रो कर निचे दरवाजा पर बैठे)- प्लीज़ पार्थ !! खोलो ना पार्थ..

पार्थ (आंखों में आंसू रोक नहीं पाया)- नहीं सिद्धी!

थोड़ी देर बाद पार्थ ने आखिरकार दरवाजा खोला और सिद्धी को एक और मौका दिया। पार्थ ने सिद्धी को कसकर गले लगा लिया.. पार्थ को सिद्धी से पहले से ही प्यार हो गया था, जब से सिद्धी की देखने के लिए फोटो दिखाई गई थी। लेकिन इस बार उन्होंने दोस्ती से शुरुआत की और प्यार अपने आप हो गया। सिद्धी को पार्थ से इतना प्यार हो गया कि वह उसके लिए कुछ भी करने को तैयार हो गई।

कभी-कभी प्यार हमारे सामने ही होता है और हम उसका चेहरा भी नहीं पहचान पाते हैं क्योंकि हम प्यार और चेहरे को अलग तरह से समझने में गलती करते हैं मुझे लगता है कि हमें थोड़ा और आगे जाना होगा... प्यार एक भावना है.. जो है हम सबके दिल में या बस उसे पहचानने की कोशिश करो....

This is RM Publication Rights of Copyright ©? 2022

(This declaration is as per the Copyright Act 1957 read with Secetions 43 and 66 of the IT Act 2000. Copyright protection in India is available for any literary, dramatic, musical, sound recording and artistic work. The Copyright Act 1957 provides for registration of such works. Although an author's copyright in a work is recognised even without registration, Infringement of copyright entitles the owner to remedies of injunction, damages and accounts.)

This is RM Publication Rights of Copyright ©? 2022

(This declaration is as per the Copyright Act 1957 read with Secetions 43 and 66 of the IT Act 2000. Copyright protection in India is available for any literary, dramatic, musical, sound recording and artistic work. The Copyright Act 1957 provides for registration of such works. Although an author's copyright in a work is recognised even without registration, Infringement of copyright entitles the owner to remedies of injunction, damages and accounts.)

This is RM Publication Rights of Copyright ©? 2022

(This declaration is as per the Copyright Act 1957 read with Secetions 43 and 66 of the IT Act 2000. Copyright protection in India is available for any literary, dramatic, musical, sound recording and artistic work. The Copyright Act 1957 provides for registration of such works. Although an author's copyright in a work is recognised even without registration, Infringement of copyright entitles the owner to remedies of injunction, damages and accounts.)